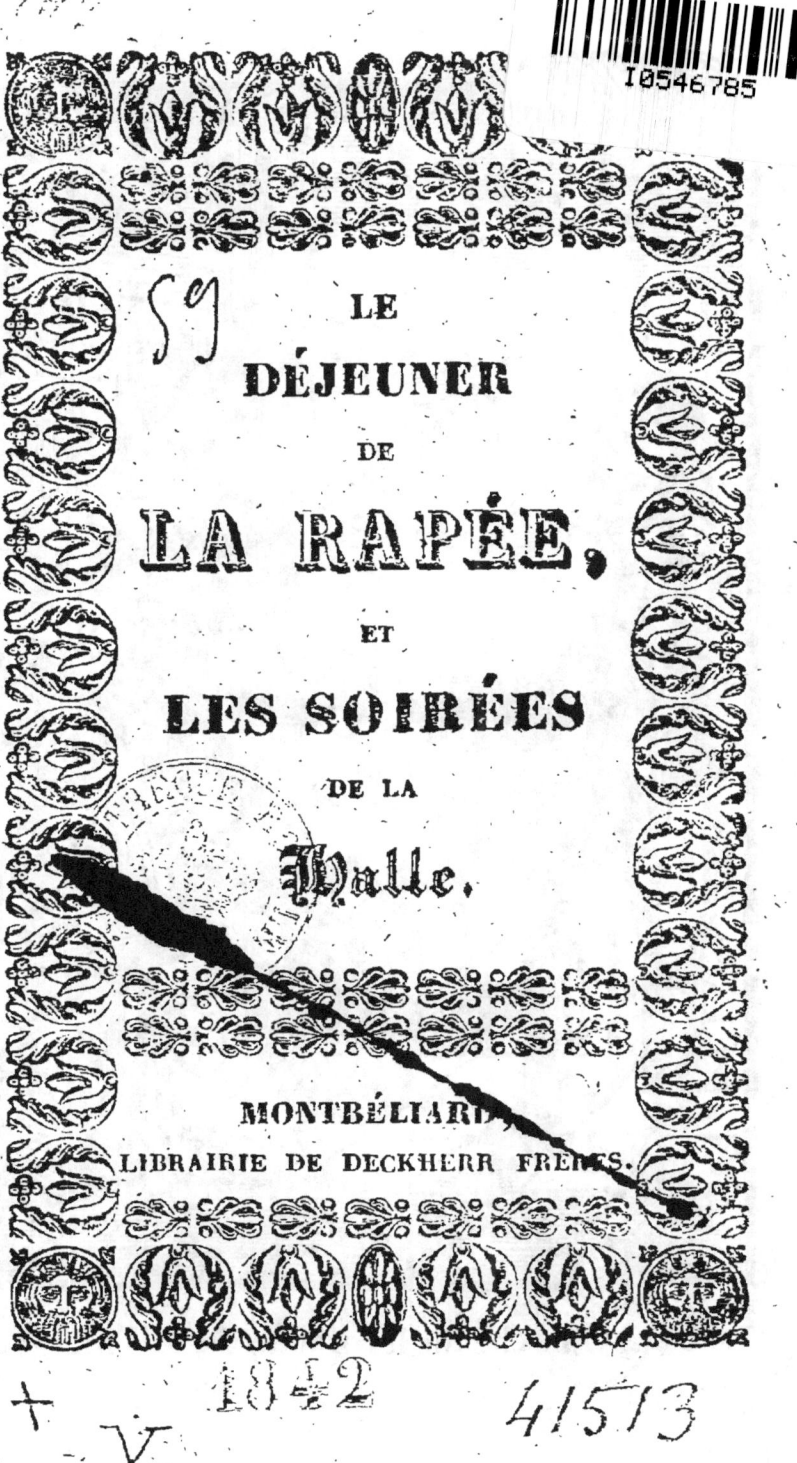

LE
DÉJEUNER
DE
LA RAPÉE,
ET
LES SOIRÉES
DE LA
Halle.

MONTBÉLIARD,
LIBRAIRIE DE DECKHERR FRÈRES.

1842

41513

Le Farau Marchande les oranges de Mlle Margot

LE DÉJEUNER

DE LA RAPÉE.

LE dernier jour du Carnaval,
A trois heures je fus au bal,
En équipage de poissarde,
Là, contrefaisant la mi-
     gnarde,
Dans une loge à l'Opéra,
Un abbé de moi s'appro-
     cha.

Parbleu ! dit-il, dame Françoise,
Votre corset de siamoise,
Sur mon honneur, est fait au tour,
Ce petit chef-d'œuvre du jour
Renferme une gorge bien dure....

TON POISSARD.

Allez, l'abbé, c'est imposture,
Lui dis-je en lui poussant la main,
Dont le jeu devenait badin.
Comment donc, me dit-il, la belle,
Vous voulez faire la cruelle ?
Laissez-moi prendre ces tétons.
Allez, monsieur tâte-chiffons,
Je n'voulons pas de badinage
Qu'en magnière de mariage.

Croit-il que j'avons destiné
Notre honneur pour son chien de nez.
Non , je l'gardons à la Tulipe ,
Qui nous a confié sa pipe
Pour assurance d'ses amours ;
Par quoi je l'aimons sans détours.
Par ma foi tu serais bien sotte !
Viens manger une matelotte ,
Et boire d'un excellent vin ,
Avec un aimable blondin
Qui m'attend au moulin d'Javelle.
Allez donc , monsieur sans carvelle !
S'il n'a pas d'autre messager ,
Sans nous il pourra la manger.
J'suivons la méthode de Biance ,
Où chaque poisson a sa sauce :
La mienne est à la croque au sel ,
La vôtre est à la maîtr'-d'hôtel ;
Je ne voulons point de mélange.
Que ton propos tient du manche !
Pas vrai , monsieur le débauché ?
Je n'sommes pas de ces grisettes
Qu'avons quantité d'amourettes ,
Ni d'ces donzelles à bichons ,
Qui soutenons des greluchons.
Voyez ce muguet trousse-cotte !
Qui voudrait nous manier la RIME ,
Oui , c'est pour lui qu'on cuit chez moi.
Quien , l'abbé , v'là toujours pour toi...
N'me touche pas , c'est autant d'tache
Ou je te frise la moustache
Avec le cul de mon chaudron ,
Chien d'perroquet de Montfaucon !
Il fuit avec sa courte honte ;
Il faut jusqu'au bout qu'on l'affronte

Adieu, monsieur le calotin,
Reste de lèpre et de sarcin !
Adieu donc, conteur de sornettes,
Casuiste de marionnettes !
Adieu, vilain singe à rabat,
Vrai' figure de célibat !
Bon soir, espalier de la Grève !
Que Dieu m'écoute et qu'il te crève !

» A peine eus-je achevé ces mots, que nombre de masques me proposèrent le fin déjeûner de la Rapée, et de passer par le cimetière Saint-Jean, pour nous faire dire des pouilles. J'acceptai ; nous commençâmes par attaquer une des plus fortes gueules du marché Saint-Jean, en lui offrant le sixième du prix qu'elle demandait pour du poisson et autres marchandises. Elle ne fut pas long-temps à réfléchir sur sa harangue. Je ripostai avec épigramme à chaque horreur de cette poissarde, qui soutint l'assaut environ trois quarts-d'heure ; après lequel temps je pris congé d'elle en ces termes :

Ton poissard. — Adieu, Margot la profiteuse, infectée gueuse à crapaud ! Garde ton poisson, il est pourri ; tu mets des influences de la lune dans les ouies pour le faire paraître frais. La vente du poisson n'est pas le plus fort de ton gagnage : c'est l'trafic de la chair humaine qui te soutient dans tes biaux atours. Commode à tout usage, va, j'te reconnaissons ben, donneuse de nouvelles à la main : t'a plus tué d'hommes pendant l'hiver que toutes les gelées n'ont détruit d'insectes. Va te cacher, dépouilleuse d'enfans dans les allées ! T'as eu la tapette et l'baudru ; je t'avons vu faire la procession dans la ville, derrière le confessionnal à deux roues de Charlot cassebras, qui t'a marqué l'épaule au poinçon de Paris.

Adieu, figure d'oignon pelé, qu'on ne saurait voir sans pleurer, gueule d'empeigne garnie de clous de girofle enchassés dans du pain d'épice.

Du derrière de ma boutique tu en ferais bien ton étalage, pas vrai, magneuse de jugeottes, patraque démantelée, vieille citadelle démolie, masure abandonnée, gouffre de chair, cloaque empesté, sac à graillon, moule à Satan, barque à Caron ! Va, si j'faisais un chapelet de maquerelles, tu ferais bien le Pater.

« Je passai à une autre, et lui dis des gaudrioles qu'elle prit assez bien ; ce qui détermina une personne de la société, habillée en marquis, à quitter le corps de réserve pour venir me joindre. Il prit le ton badin avec cette fille, dont la figure était capable de réveiller les plus assoupis, et lui dit que ses merlans étaient courts. »

Ton poissard. — Courts ! Monsieu, lui dit-elle, vous n'y pensez pas. En v'là de plus petits, de plus moyens, et v'là les grands de la saison, que j'vous vendrons cent sous la demi-douzaine. Allons, bijou, étrenneznous joyeusement, ça nous port'ra un heure en Dieu.

« Tu te moques, dit le marquis, ils ne sont pas si longs que mon... »

Ton poissard. — Allez, Monsieu! J' crois qu' vous n' cachez pas tous vos mollets dans vos bas ; c'est comme la barque d'Anière, ça ne sart plus qu'à passer l'iau. J' suis sûre que si je l' prenions, jaurions bientôt conclu not' marché avec vous, car je nous tiendrions pas à grand' chose. Allez, Monsieu, j' sommes une brave et honnête fille, guieu marci : mais on ne nous en fera pas accroire là-dessus. Ecoutez, gros gausseux, j'allons vous donner six francs.... et si le m.... v'là tout.

« Je le veux bien, dit le marquis; mais je gage un louis contre les merlans qu'il y a bien à dire. »

Ton poissard. — Va, dit la curieuse, qui ne risque rien n'a rien.

Tiens, dit le marquis.

Ton poissard. — Ah! mon cher Monsieu! eh! vraiment oui, ce n'est rien que mes merlans au prix; vous les avez gagnés, ils sont à vous : j' vous les donnons d'un grand cœur... Là, là, vous êtes ben pressé. J'aimons mieux vous donner encore six merlans, et pis j' voulons voir si vous n' nous farcinez pas les yeux.

C'est trop juste, dit le marquis, contente-toi, et garde tes merlans.

Ha! ah! chien!.... Hai, parle donc, ma commère! Hai! viens donc voir, viens donc voir.

Nous quittâmes cette jolie poissonnière, pour aller joindre la compagnie et déjeuner à la Rapée. A peine fûmes-nous sortis de la voiture, que j'entendis des mariniers chanter à tour de mâchoires. J'approchai d'eux pour les écouter sans être aperçu ; mais ils cessèrent leurs antiques bachiques pour boire un coup de rogomme.

A la santé, toi, dit l'un d'eux d'une voix enrouée. — Grand merci ! à la tienne aussi.

Cette cérémonie fit faire un silence qui m'ennuya. J'étais sur le point de m'en aller, lorsqu'un de ces rustres dit :

Ton enroué. — Hai ! Nicolas ! donne-moi un peu de tabac en lumière. — J' n'en avons, sarpédié ! pas une gringuenaude, dit Nicolas ; j' n'ai que du tabac en rapiére, que j'avons eu de deux particuliers que j'avons passés dans not' bachot, avec une par-sonnière. J' vas te conter ça.

J' passis il y a tras jours une demoiselle d'Opira qui était avec deux particuliers.

La v'là, sous vot' respect, qui s'assit sur la levée de mon bachot entre ces deux cadets. Je la visis qui coulait sa main en douceur, là.... pour à celle fin de tenir à quenque chose en cas d' malheur. Je la reluquais. Alle voulut, à cause d' ça, nous fischer la gouaye ; prends garde, dit-elle, de nous couler à fond en t'amusant à nous regarder. Mam'selle, l'y fis-je, allez, vous n'avez rien à risquer ; ça n'y va jamais.

Alle voulut jaspiner avec moi ; m' demandit si j'aimerais mieux faire autre chose que de ramer. J' l'y disais, sans barguiner, que je ne souhaitions qu'une chose pour toute héritance. — Qu'est-ce que c'est, dit-elle? — Que mon bachot, l'y fis-je, soit parcé de trente trous, et que chaque trou me rapportît autant que.... vous m'entendez, suffit. Je serais, jarnigué, le plus content du monde.

L'abreuvoir manqua; on se leva, en disant d'un ton enroué: Allons charcher des cendres à la paroisse, sans quoi j'aurions pas l'absolution à confesse.

Je retournai rejoindre ma compagnie qui m'avait accusé de désertion; je racontai ce que je venais d'entendre, et l'on me manda, pendant le déjeûner, les suivantes:

Un marinier rencontrant un de ses compatriotes, sortant du salut de Saint-Sulpice, lui dit:

Hai! Jacot! veux-tu payer démi-sequier? Non, répondit Jacot; laisse-moi, j'suis d'une colère d'un chien.

— Qu'est-ce que tu as donc?

— Ce que j'ai? Est-ce que tu n'étais pas au salut?

— Si fait.

— Eh ben! t'as pas vu l'tour qu'on m'a fait?

— Non, ou le guiable m'estringole. Queu tour donc?

— Comment! ce monsieur Charguenbaut, l'organis de Saint-Sulpice, s'en est venu m'accueillir, m'dire comme ça: Jacot, veux-tu venir jouer des ogres avec moi? Je le veux bien, lui dis-je. J'montons avec

1*

l'y, j' faisons la conveuance; j' prenons l'
ton; je souffle *Pange lingua*, l' chien joue
l' *Te Deum*.

La fille de la Augo, fruitière des Halles,
épouse d'un agent-de-change, passant, un
mois après son mariage, dans son territoi-
re natal, fit arrêter son carrosse pour parler à ses anciennes connaissances du quar-
tier, qu'elle appela de sa portière, en son
idiome ordinaire.

D'un ton poissard. — Hai! Marie-Louise!
hai! Marie-Jeanne! ma commère! mon
compère! hai! venez donc me parler.

Eh! qu'est-ce donc là qui vous appelle,
dit une voisine? Qu'est-ce, dit Marie-Louise! elle ne la reconnaît pas. Eh! c'est la
fille de maneselle Augo, la grosse friquière-
orangère.... Quoi! c'est-y la elle, dit la
voisine? Et vaut'-en-z'en, dit Marie-Jeanne.
Dame! alle est comme une princesse. Hai!
allons l'y parler, qu'est-ce que nous risquons
donc? Est-ce que tu viens avec nous, toi,
copère?

D'un ton enroué. — Vantez qu' j'rons, et
des plus fiers d' la bande encore.

Ton poissard. — Qui, toi, mannequin, dit
Marie-Louise?

Ton poissard. — Aparament, madame
Casaquin.

Ton enroué. — Eh! mais, vraiment, monsieur Jérôme.

Tu te présentes comme un atôme.

Ote-toi de là, tu m'effarouches.

Ton enroué. — Allez, que Gargantua vous
bouche.

Ton poissard. — Nous lairas-tu, chien d'épagneux.

Haï! Marie-Jeanne! viens-y nous deux.

Bonjour, maneselle Manon. Eh! comme vous v'là brave! je n'vous reconnaissions pû: où allez-vous donc comme ça? — Qui, moi? je m'en vas acheter des livres pour mon homme, qui fait une bibliothèque; y m'a dit de prendre le Montheri nouveau, Bestiol, et Cul-de-Jatte, les Métaphores d'Olive de la dernière oppression. Dis donc, viendras-tu nous voir? j' sommes ben logés dà, j'avons champignon sur rue; c'est une belle maison où il y a des crampons de fer. J'avons deux salles remplies de belles depeintures avec des cadavres dorés; des blanquettes de moquette en magnière de v'lours, et des rustres de cristal minérable. Du vestambule on voit dans not' jardin des piralives et des estatues sur des pieds détestables; j'avons des estafilades d'apartemens d'arrache-pied, avec des portes d'excommunication; de belles tapisseries d'Autelute. J'te régalerons ben; je mingeons dans nos frécassées des tréfiles, des manilles, des moucherons, à not' dessert, j'avons des raisins de Coraindre, des mâches-pains, des castilles en magnière de conserve; j' buvons des vains de rigueur et d'la crême des Barbaris.

Notre homme est habillé, Dieu sait comme! Quien, mon enfant, il a des vestres de franchipane et de la moëlle d'or, des bas de laine de Sigrovie à ses jambes. Dame! il a le moyen de soutenir tout ça,

par rapport que monsieu son père a zu le
vent en croupe; c'est ce qui fait qu'il a
acheté de belles et bonnes rentes voyagères.
Il a une terre qui a des droits de dos et de
ventre; il est propriétaire d'une bonne
ferme dont son neveu en est l'usurier frui-
tier, par un bail amphibologique

Il est d'une bonne famille; il a un cousin qui joue des ogres, un autre qui a
étudié, qui s'est fait passer maître lazart,
un autre qui assassine les plaideux aux
consuls, une cousine qui est tourtière dans
un couvent, et une sœur qui a épousé un
cent de Suisses de la garde du château.

Son compère Jérôme l'interrompit.

D'une voix enrouée. — Sarpojeu! maneselle Manon, lui dit-il, y gn'a qu'heur
et malheur dans ce monde-ci. Il faut que
chacun s'pousse. Savez-vous que d'puis
que j'n'ai eu la valiscence de vous voir,
j'nous sommes produit l'investiture d'une
charge de caporal des ports à pieds, à cause que j'me suis toujours senti du goût
pour ce qui est en ce cas de fait des ar-
mes. A propos d'ça, voulez-vous boire une
goutte de paf.

Ton poissard. — J'voulons ben, dit maneselle Ango, en appelant son laquais.
Saint-Jean! va nous chercher d'mi-sequier
d'rogomme, j'boirons dans l'carrosse.

Marie-Louise et sa camarade y montè-
rent, Jérôme fit le quatrième: l'on y but
un pot d'eau-de-vie à la fumée de sa pipe
et à la santé de mademoiselle Ango, de
rechef en réitérant.

Notre déjeûner se passa gaîment.

En montant en carrosse pour nous en retourner, j'aperçus un farau en chemise blanche, le toupet cardé, pipe en bouche et la canne à la main ; je lui dis d'un ton de port.

Parle donc, hai, chien ! les jours ouvrables sont-ils donc faits pour te promener !

Tais-toi, me dit-il, timbalier du roi d' Maroc, si j'avons le derrière ouvert, ce n'est pas à toi à fourrer ton nez dedans, aide-de-camp du pont Saint-Michel ! tu nous craches la crème de ton discours dans le visage.

Attends, lui dis-je, membre de gueux, j'allons te dire ta giméalogie : ton fils est page public, il porte un nœud d'épaule de bois sur quoi il décrotte les souliers de ses pratiques ; une partie de ta famille a fait dépaver la Grève.

Ton père a été étouffé dans la filasse ; il est mort en l'air avec un bonnet de nuit de cheval au cou, en faisant une grimace devant le Pont-Rouge.

Ton frère a été exposé sur le guéridon à jour.

Ton cousin noyé dans un cent de fagots.

Ils ont fait gagner le père nourricier des perroquets de la Villette.

Ça ne t'épouvante pas ; tu serais ben quinze jours au carcan sans rougir ; pas vrai, reste de volaille de Montfaucon ? saint Cartouche est ton patron, marionnette de pilori, syndic des maquereaux, balustre de la Grève, ornement d'échafaud ! Va, si je faisais un fagot de j..., tu ferais le plus fort parement.

LES SOIRÉES
DE LA HALLE.

L'APRÈS SOUPER DE LA HALLE (1).

U sortir d'un souper, sur
la fin du printemps,
Voulant nous amuser et
passer notre temps,
Tous amis de la joie,
enclins à la ribotte,
Nous fûmes à la Halle
aboyer la Javotte,

En tête un peu de vin qui rend toujours
gaillards,
Ce qui nous fit tenir des propos égrillards:
Javotte en arrivant me fit mettre auprès
d'elle,

---

(1) Il faut pour l'agrément, l'inflexion poissarde et traîner à la fin de chaque phrase pour les actrices, et d'un ton enroué, en contrefaisant la voix des héros de la scène qui se passe aux Halles, ce qui est indiqué par des ».

Je lui dis des douceurs : « Tais-toi donc
     » l'aridelle ;
» Quin, vois donc, ma commère, il est
     » comme un cristal ;
» Il est tout transparent, avec son air fatal.
» Quoi, déjà m'agonir ! Est-ce la bonne
     » envie
» Que j'ai de vous aider et payer l'eau-de-
     » vie ?
» Monsieu, voudrait sans doute être payé
     » par moi,
» De vouloir nous aider en écossant des pois ;
» Ah ! pardonnez l'excus' que je venons de
     » faire ;
» Buvons plutôt du paf, ça d'vient plus
     » nécessaire. »
Aussitôt j'envoyai chercher du brande-vin :
Pour elles chacun sait que c'est un jus divin.
Après quelques coups bus. Margot cher-
     chant querelle,
A qui cette liqueur montait à la cervelle,
Invective Fanchon avec les plus gros mots,
Tenant sur son mari les plus mauvais propos ;
Lui disant qu'il n'avait qu'une fausse mesure.
Fanchon, piquée au vif, riposte avec injure :
» Il est mieux partagé que ton farau man-
     » qué,
» Dit aussitôt Fanchon, je l'ons bien reluqué.
» Ah ! t'en as bien menti ; j'pouvons prouver
     » l'contraire,
» Reprend alors Margot se mettant en colère :
» C'est bon pour ton mari qui te sert de
     » sout'neur ?
» Et qui fait son méquier de trafique d'hon-
     » neur ;

» Dans les bains de Saint-Côme il se sauve
    » à la nage,

» Il n'peut se démentir, c'est peint sur son
    » visage ;

» Les boutons qu'on y voit d'un et d'autre
    » côté,

» Font voir qu'il a besoin d'être encor tricoté.

» La sœur de ce farau vint, jetant feu et
    » flamme :

» Ah ! chienne de carogne, il faut que j' te
    » maug' l'âme !

» Finis donc, la Catau, tu ne le voudrais pas.

» Qu'ell' s'en aille en enfer, attends donc
    » mon trépas ;

» Ce que j'disons est vrai sur l'compte de
    » ton frère,

» Et je te poche un œil, si tu ne veux pas
    » t'taire.

» Toi, tu me ferais taire, avec tes yeux
    » cireux,

» Ton pass' partout à cul, ou ton nez tout
    » terreux !

» Ce ne s'ra pas du vrai, car si je m'effa-
    » rouche,

» C'est causé par l'odeur de ta puante bouche.

» A moi puante, à moi ! tu nous baves dans
    » l'œil.

» Que la peau d'Lucifer te serve de linceul ;

» Que l' trou de mon ponent te serve d'
    » tabatière,

» Et que sa queue en feu te torche le derrière.

» Dégoûtant linge à barbe, encens de vi-
    » dangeur,

» Loquette de morue, enseigne à déshon-
    » neur.

» Si je prends mon sabot, je te cass'rai la
    » gueule. »
Aussitôt je les vois toutes aux mains venir :
Perdant la patience, et n'y pouvant tenir,
Je veux les séparer, ne pouvant pas mieux
    faire.
Les coups et les horions devinrent mon sa-
    laire ;
Un revers de la main me fit trop bien sentir
Qu'il me manquait deux dents, à mon grand
    repentir.
Me mettant à l'écart pour prendre ma re-
    vanche,
Je pris mon sotifier de fête et de dimanche :
» Parle donc, eh ! Catau, ma foi tu le paieras,
» De ce soufflet donné tu te ressouviendras ;
» Je veux te procurer un habit de vestale
» Pour une année au moins au temple de
    » la gale (*) ;
» Sellette à criminel, matelas ambulant,
» Pucelle à tous les jours qui ne sent que
    » le r'lant.
» Dans les commodités tu pourrais être utile
» Pour faire aller de peur et dévoyer la bile.
» Ton regard seul suffit quand tu veux tout
    » gâter ;
» Il faudrait de l'odeur pour pouvoir t'é-
    conter !
» Tu te tairas, peut-être, enfant d'chœur
    » de galère !
» Accout' donc, la Fanchon ; quin, vois-tu
    » sa colère !

(*) La Salpétrière.

» Il va gagner un rhume, il est tout es-
» soufflé.

» Reposez-vous un peu, car vous êtes gonflé.

» N' parlez pas tant, Monsieu, vous savez
» que ça l'use.

» Il voudrait nous fair' peur, ou bien c'est
» qu'il s'amuse.

» Pas vrai donc, ma commère? on voit ça
» dans ses yeux,

» Dont l'un est en colère, et pis l'autre
» amoureux.

» Cela n'est pas de toi, tu n'en vaux pas la
» peine,

» Et je serais certain d'n'en avoir pas l'é-
» trenne.

» Eh bien! ç'aurait été beaucoup d'honneur
» pour toi.

» Si j'ons prêté le mien, c'est qu'il était
» à moi ;

» A l'âge de quinze ans j'en étais la maîtresse.

» Pour moins d'un p'tit écu j'ons fait voir
» ma largesse ;

» Et si j'ons soutenu les brocards jusqu'au
» bout,

» Tu n'as plus rien à dire, un mari couvre
» tout :

» Et puis d'quoi qu'tu te mêles ? est-ce qu'
» c'est ton affaire ?

» Puisque t'es chaponné, tu n'es plus né-
» cessaire.

» Au surplus, le prêtant j' n' lavons pas
» donné,

» Et vas à ton voisin pour y fourrer ton nez.

» Peste de bacchanal, quel dévoiement de
» bouche !

» Vas, n'appréhende pas que jamais je te
    « bouche;
» Je sais ce qu'il en coûte à ceux qui vont
    » te voir:
» Ces bourgeons à ton front font bien aper-
    » cevoir
» Que les fleurs provenant d'un arbre qui
    » supure,
» Sont des fleurs du péché fatal à la nature.
» Vas, rubis de Saint-Roch *, vieux cloaque
    » empesté,
» Sagoin mis au rebut, oiseau mal empâté;
» J'espèr' te voir un jour au château de
    » Bicêtre,
» Et tu peux ben compter que j't'y voirai
    » peut-être.
» Ah! Cadet, finis donc, tu nous fais déjà
    » peur.
» Tu r'sembl' à Nicodème, avec ton air
    » goailleur;
» Tu sais que ton habit est sec comme
    » allumette,
» Ainsi ne prends pas feu, remets-toi la
    » lunette.
» Eh! Catau, tais ta gueule, as-tu le diabl'
    » dans l'cou.
» De vouloir abîmer c'tengendre de coucou?»
Je voulus répliquer, il me fut impossible;
Je m'enfuis au plus vite. « Adieu donc, frèr'
    » terrible,
» Je te remercierons quand tu viendras
    » nous voir.

(*) Grain de peste qu'on représente sur les effigies
de ce Saint.

» Mais pour qu'à l'avenir tu fass's mieux
    » ton devoir,
» Fais réguiser ta langu' sur la pierre in-
    » fernale.
» Et puis j'te frons tourner au moulin de
    » la Halle * :
» J'sommes pour tant fâchés d'avoir cassé
    » ta dent,
» Mais tu n'as pas un zeste à dire en t'la
    » rendant. »
Moi, craignant de nouveau que Catau ne
    m'accable,
Je gagnai la couline en l'envoyant au diable :
Heureux d'être échappé de ce maudit pays,
Pour aller déjeûner j'appelai mes amis ;
J'avais bon appétit et grand besoin de boire,
Ce qui bannit mon mal bien loin de ma
    mémoire.

DIALOGUE

ENTRE Mlle MANON ET M. THOMAS.

Chanson poissarde.

MANON.

Tredame, Monsieur Thomas,
Vous nous r'luquez du haut en bas !
Toutes ces façons n'nous conv'nont pas.
Quoiqu'on n'soit qu'ravaudeuse de bas,
J'ons du foin dans nos souliers ;

(*) Le Pilori.

J'ons refusé
D'épouser deux savetiers,
Trois porteurs d'eau, quatre écuyers;
Ça fait pourtant des gens de métiers.

THOMAS.

Tredame, mam'selle Manon,
J'vous r'luquons, c'est tout de bon.
Ce n'est qu'à bonne intention;
Car aussi j'vous épouserons.
J'sommes marchand de loterie,
J'ons du débit:
Quand je serons votre mari,
Je distribuerons dans Paris
Les lots à grands et petits.

MANON.

Dam', c'est que j'ons un grand frère,
Il est soldat, il est bien fier;
Il pourrait bien nous empêcher,
En se fâchant, de nous marier;
Il est guernadier, jarnigoi !
Il est, ma foi,
Plus haut que vous de trois bons doigt

THOMAS.

Eh! dieu, s'il est comme ça,
Pensez-vous que j'navons pas,
Quand je sommes dans le cas,
Com' lui des pouces au bout des bras?
J'ons été soldat du guet,
J'ons frit l'balet,

J'ons servi, s'il vous plaît,
Pendant trois ans de maître valet
Chez un exempt du Châtelet.

MANON.

Eh bien! mon petit cœur,
Vous serez donc mon serviteur :
Vous méritez bien ce bonheur,
Puisqu'vous êtes un garçon d'honneur.
J'ons des parens dans not'maison,
Ma tante Chiffon,
Ma grand'tante Troussaignon;
Je vais les retrouver tout de bon,
Pour en avoir la permission.

THOMAS.

Eh! parsangué, Messieux,
Si vous êtes fort amoureux,
Mariez-vous, c'est pour le mieux;
Car ça fait un plaisir joyeux.
Pour moi, je m'en sens fort en train,
De mam'selle Catin,
Dedans la rue Saint-Martin,
Tout vis-à-vis certain petit coin,
Et j'en fais la demande drez demain.

CHANSON

Sur l'air : *Dedans Paris quelle pitié.*

L'Amour est un chien de vaurien
Qui fait plus de mal que de bien.

Habitans des galères,
N'vous plaignez pas d'ramer;
Vote mal c'est du suque,
Près de sti-là d'aimer.

Ce fut par un jour de printemps
Que je me déclairai zamant,
Amant d'une brunette,
Belle comme un Curpidon,
Portant fine cornette,
Posée en papillon.

Elle a tous les deux yeux brillans
Comme des pierres de diamans,
Et la rouge incarlate
Que l'on voit zaux Goblins,
N'est que d'la couleur varte
Au prix de son blanc teint.

Alle a de l'esprit fièrement,
Tout comme un garçon de trente ans,
Ça vous magne de l'ouvrage!
Dam: faut voir comme ça s'tient!
L' diable m'emporte, eun' reine
N' blanchirait pas si bien!

Je sais bien qu'il n'tiendrait qu'à moi
De l'épouser si elle voulait:
Son sarviteur très-humble
Attend sa volonté;
Si ça se fait bien vite,
Fort content je serai.

FIN.

IMPRIMERIE DE ROD.-HENRI DECKHERR A MONTBÉLIARD.